FOVES

Pablo José Gomez Morales

Autor: Pablo José Gómez Morales
Ilustración: Noemi Herrera
Diseño de Portada: Pablo José Gómez Morales
Colaboración: Jesica Gil
Colaboración: Keila Otero
Maquetación: David Román

© 2024 Pablo José Gómez Morales
© 2024 Editorial Metamorfosis

ISBN: 978-84-129487-0-7

Índice

Vacaciones en el pueblo

Hace unos años, estaba de vacaciones en un pequeño pueblo en las montañas. Me hospedé en una antigua cabaña de madera rodeada de árboles frondosos y silencio absoluto.

Todo parecía perfecto para disfrutar de unos días de descanso lejos del bullicio de la ciudad.

Sin embargo, una noche todo cambió por completo. Me desperté sobresaltado por un extraño ruido que venía del exterior.

Al asomarme por la ventana, vi una figura oscura moviéndose entre los árboles. Mi corazón empezó a latir con fuerza y un escalofrío recorrió mi espalda.

Decidí rápidamente llamar a la policía.

Mientras esperaba su llegada, los ruidos se volvieron cada vez más intensos.

Pasos agitados resonaban en la oscuridad y voces susurrantes llenaban el aire.

Sentía que algo maligno estaba acechando en la penumbra.

Cuando la policía finalmente llegó, exploraron los alrededores, pero no encontraron nada fuera de lo común.

Pensé que tal vez solo había sido mi imaginación jugándome una mala pasada.

Sin embargo, esa misma noche, los ruidos regresaron con más fuerza.

Esta vez, tenía miedo de mirar por la ventana nuevamente, pero algo dentro de mí me empujaba a hacerlo.

Y cuando lo hice, me encontré cara a cara con una figura sin rostro que me miraba fijamente.

Grité y cerré rápidamente las cortinas, pero el miedo ya se había apoderado de mí.

Sentía que algo siniestro estaba intentando entrar a la cabaña.

Los ruidos se volvieron más violentos y desesperados, como si estuvieran tratando de derribar la puerta.

Corrí hacia la salida en busca de ayuda, pero antes de llegar a la puerta principal, algo me agarró por detrás.

Una mano fría como el hielo se posó sobre mi hombro y una voz susurrante me dijo al oído:

"No podrás escapar de mí".

Me debatí, tratando de liberarme de su agarre, pero parecía inquebrantable.

Sentí cómo mi energía era drenada poco a poco mientras luchaba en vano por sobrevivir. Mis fuerzas se agotaron y me desvanecí en sus brazos.

Cuando recuperé el conocimiento, estaba en la cabaña nuevamente, pero ahora todo estaba en ruinas.

Los muebles rotos, las paredes manchadas de sangre y un olor a podredumbre impregnaban el aire.

Me encontré solo y desorientado.

Desde ese día, no puedo escapar de ese aterrador lugar.

Estoy condenado a revivir una y otra vez esa fatídica noche, donde una presencia maligna me acecha y me consume lentamente.

En este lugar de pesadilla, me pregunto si algún día encontraré la paz o si estaré atrapado para siempre en esta dimensión oscura y retorcida.

Una noche fría de invierno

Era una noche fría y lluviosa, perfecta para quedarse en casa y disfrutar de una película de terror.

Me encontraba solo en mi apartamento, completamente absorto en la trama escalofriante que se desarrollaba en la pantalla.

De repente, escuché un débil rasguño en la puerta.

Sentí un escalofrío recorrer mi espalda mientras me levantaba lentamente del sofá, tratando de ignorar el miedo que crecía en mi interior.

Caminé hacia la puerta con cautela, tratando de escuchar atentamente cualquier sonido que pudiera revelar quién o qué estaba al otro lado.

Cuando abrí la puerta, un escalofriante viento helado penetró en el apartamento, enviando un mensaje perturbador a través de mi cuerpo.

La oscuridad de la noche ocultaba cualquier rastro de vida en el pasillo del edificio. Solo el murmullo de la tormenta se podía escuchar a lo lejos.

Cerré rápidamente la puerta, tratando de bloquear el frío y el miedo que me envolvían. Retrocedí unos pasos y me encontré mirando fijamente el espejo del pasillo.

Mi reflejo parecía distorsionado, como si algo no estuviera bien. Mis ojos se abrieron de par en par al darme cuenta de que no estaba solo en el reflejo.

Una figura oscura y amenazante se reflejaba en el espejo, sus ojos brillaban con un brillo maligno.

Me sentí paralizado por el miedo y no pude apartar la mirada de aquel reflejo terrorífico que se encontraba frente a mí. Intenté gritar, pero mis cuerdas vocales parecían haberse congelado por el horror.

La figura se separó del espejo y comenzó a acercarse lentamente hacia mí.

Mi corazón latía con fuerza, cada latido resonaba en mis oídos como un tambor infernal. Paralizado por el miedo, cerré los ojos con fuerza, esperando que aquello fuese solo una pesadilla.

Cuando finalmente reuní el valor para abrir los ojos, me encontré de nuevo en mi apartamento, solo y sin signos de aquella figura siniestra.

Mi mente estaba llena de confusión y miedo, sin poder comprender lo que acababa de ocurrir.

Desde ese día, cada vez que miro un espejo, siento un escalofrío recorrer mi espalda.

El miedo de encontrarme con aquella figura tenebrosa nunca me deja completamente.

Aprendí que incluso en la comodidad de nuestro hogar, el miedo puede acechar en las sombras más inesperadas, esperando el momento adecuado para desatar su terror.

Una larga noche

Había pasado una larga noche de estudio en la biblioteca de la universidad y decidí que era hora de regresar a casa.

Eran las 2 de la madrugada y calle estaba completamente desierta. El viento soplaba fuerte y los árboles crujían en la oscuridad.

Caminaba rápidamente con la cabeza gacha, tratando de mantenerme abrigado en mi chaqueta.

De repente, escuché un extraño sonido proveniente de detrás de mí.

Levanté la vista y noté a un hombre corriendo hacia mí, vestido completamente de negro.

Mi corazón comenzó a latir rápidamente mientras traté de alejarme lo más rápido posible.

El hombre se acercaba cada vez más, su respiración pesada resonaba en mis oídos.

Pude ver su rostro retorcido y esa mirada llena de maldad. Sin pensarlo dos veces, decidí entrar a un callejón cercano para intentar escapar.

Sin embargo, al llegar al callejón, me encontré con un callejón sin salida. Estaba atrapado.

La desesperación se apoderó de mí. El hombre se acercaba cada vez más, sus pasos resonaban en el silencio de la noche.

Busqué desesperadamente alguna salida, pero no había ninguna. Mi mente estaba nublada por el miedo y no podía pensar con claridad.

Justo cuando el hombre estaba a punto de alcanzarme, noté una pequeña ventana en la pared del callejón.

Sin medir las consecuencias, me lancé hacia ella y trepé desesperadamente para intentar escapar. Logré entrar por la ventana justo a tiempo y caí al suelo del otro lado.

Estaba en un viejo edificio abandonado, lúgubre y lleno de polvo. Busqué una salida, pero todas las puertas estaban cerradas.

Me quedé atrapado en un laberinto oscuro de pasillos desolados. Mis pasos resonaban en el silencio mientras el hombre continuaba persiguiéndome.

Finalmente, llegué a una habitación sin ventanas ni salidas.

No había escapatoria. El hombre se acercó lentamente, su sonrisa siniestra se dibujaba en su rostro.

Estaba a punto de atraparme cuando de repente, la habitación comenzó a temblar y se iluminó con una luz cegadora.

Cuando mis ojos pudieron acostumbrarse a la luz, me di cuenta de que estaba de vuelta en la biblioteca de la universidad.

Estaba rodeado de estudiantes que estaban estudiando tranquilamente como si nada hubiera pasado. Miré a mi alrededor, confundido y agradecido de estar a salvo.

Aunque no entendí completamente lo que había sucedido, supe que había escapado de algo terrible esa noche.

Desde entonces, siempre trato de evitar caminar solo por las calles oscuras de la ciudad, consciente de que el peligro puede acechar en cualquier momento.

Esa experiencia me enseñó que la oscuridad puede esconder cosas aterradoras que solo se revelan cuando menos te lo esperas.

Llamada telefónica

Era una noche tranquila de verano cuando recibí una llamada telefónica que cambiaría mi vida para siempre.

Era mi hermano, su voz temblorosa y llena de pánico hizo que mi corazón se acelerara de inmediato.

Me contó que estaba siendo perseguido por alguien desconocido mientras caminaba por las calles del vecindario.

Podía oír su respiración agitada y el sonido de sus pasos apresurados mientras trataba de escapar.

El miedo en su voz era palpable y sentí un nudo en mi estómago.

Sin pensarlo dos veces, salí corriendo de mi casa y me dirigí hacia el lugar donde se encontraba mi hermano.

Mi mente estaba llena de pensamientos oscuros y mi cuerpo estaba lleno de adrenalina. No quería ni imaginarme lo que le podría estar sucediendo a mi hermano.

Al llegar al lugar, encontré a mi hermano escondido detrás de unos arbustos, su rostro lleno de horror.

Traté de tranquilizarlo y le pregunté quién lo estaba persiguiendo. Pero su mirada penetrante me dijo que no sabía responder.

Decidimos correr juntos hacia un área más iluminada con la esperanza de encontrar ayuda.

El miedo nos hizo ir rápido, nuestras piernas temblando, el corazón latiendo desbocado.

Cada sombra, cada ruido nos hacía saltar de susto. Parecía que el pánico se había apoderado de nuestras vidas.

Finalmente, llegamos a un grupo de personas que también parecían asustadas.

Al parecer, no éramos los únicos que habíamos experimentado el terror de ser perseguidos sin razón aparente.

Nos contaron acerca de una figura oscura y desconocida que aparecía sin previo aviso, persiguiendo a cualquier persona que tuviera la mala suerte de cruzar su camino.

Todos en el grupo comenzamos a hablar y a compartir nuestras experiencias. Intentamos encontrar una explicación racional a lo que estábamos viviendo, pero nuestras mentes se negaban a aceptar cualquier explicación lógica.

El pánico se extendía como un virus en nuestro grupo, reinando en nuestros corazones y mentes.

Decidimos tomar acción y enfrentar nuestros temores juntos. Nos equipamos con linternas y nos dividimos en grupos para buscar a la figura oscura que nos acechaba.

La sensación de unión y solidaridad nos daba fuerzas para seguir adelante, a pesar del pánico que sentíamos.

Mientras explorábamos las calles, nuestras linternas iluminaban cada rincón oscuro. Pero no encontramos ninguna pista, ninguna evidencia que nos diera respuestas.

La figura oscura continuaba acechando en las sombras, pero parecía invisible e indetectable.

Finalmente, decidimos regresar a nuestro punto de reunión. El sol empezaba a asomar en el horizonte, disipando gradualmente la oscuridad de la noche. Nuestros rostros estaban cansados y llenos de incertidumbre.

No sabíamos cómo seguir adelante, cómo vivir nuestras vidas con el constante pánico de saber que la figura oscura podría aparecer en cualquier momento.

Pero a medida que dejábamos pasar los días, nos dimos cuenta de que el miedo no podía gobernar nuestras vidas.

Decidimos confiar en nuestra fuerza interna y en nuestra capacidad para sobreponernos a cualquier situación.

Aunque el pánico seguía latente en nuestras mentes, nos negamos a dejarnos consumir por él.

Con el tiempo, la figura oscura se desvaneció en la memoria colectiva del grupo.

Nunca supimos quién o qué era, pero aprendimos a vivir con el pánico y a encontrar la paz en medio de la incertidumbre.

Aprendimos a ser valientes y a enfrentar nuestros temores, incluso cuando la razón nos fallara.

El relato de nuestro pánico se convirtió en una historia de superación y resiliencia.

Nos recordaba que, incluso en los momentos más oscuros, siempre hay una luz de esperanza que nos guía hacia adelante.

Y aunque el pánico nunca desapareció por completo, aprendimos a vivir con él, a abrazarlo como una parte irremplazable de nuestra experiencia humana.

Maligna

Era una noche fría y lluviosa. La oscuridad envolvía cada rincón del lugar, creando una atmósfera de misterio y temor.

Yo me encontraba solo en mi casa, sintiendo un escalofrío recorrer mi espalda.

Sin embargo, no podía evitar sentir curiosidad por lo desconocido, por lo que decidí investigar un poco más a fondo.

Me adentré en las profundidades de la casa, donde las sombras parecían cobrar vida propia.

El viento soplaba con fuerza, haciendo que las puertas crujieran y las ventanas temblaran.

Mis pasos resonaban en el silencio, aumentando mi sensación de inquietud.

De repente, un extraño ruido proveniente del sótano llamó mi atención.

A medida que me acercaba, el sonido se volvía más fuerte y espeluznante.

Una puerta vieja y oxidada se interponía entre yo y mi destino. Con manos temblorosas, la abrí lentamente, revelando un escalofriante pasillo oscuro.

Avancé con cautela, sintiendo cómo cada paso parecía ser observado por una presencia maligna que me aterraba por dentro desde entonces supe lo que era el miedo.

Un bosque oscuro

El bosque oscuro y tenebroso siempre ha sido una fuente de misterio y temor para aquellos valientes que se aventuran en su interior.

Y fue precisamente en este lugar donde ocurrió una historia que heló la sangre de todos los habitantes del pueblo cercano.

Un grupo de amigos, ansiosos por vivir una aventura emocionante, decidió adentrarse en el bosque una noche.

Armados con linternas y nerviosos, pero con el espíritu de exploración en sus corazones, comenzaron a caminar entre los árboles centenarios que parecían susurrarles siniestras advertencias.

A medida que avanzaban, las sombras se hacían más densas y los sonidos de la naturaleza se desvanecían, dejándolos en un silencio sepulcral y perturbador.

De repente, sintieron una presencia maligna, como si estuvieran siendo observados por algo más allá de la oscuridad.

Sin previo aviso, uno de ellos desapareció sin dejar rastro. El pánico se apoderó del resto del grupo, que comenzó a gritar su nombre en vano.

Los minutos se hicieron eternos mientras buscaban desesperadamente a su amigo perdido.

De repente, en medio de la oscuridad, oyeron un débil y escalofriante susurro que les decía: "Sois intrusos en mi territorio, ahora pagaréis por vuestra insolencia".

El terror se apoderó de los corazones de los amigos, ya que comprendieron que no estaban solos en aquel lugar maldito.

Uno a uno, los amigos fueron cayendo víctimas de una fuerza desconocida que los atacaba sin piedad.

Gritos desgarradores resonaban en el bosque mientras sus vidas eran arrebatadas por una presencia invisible.

Cuando la mañana llegó, los habitantes del pueblo encontraron los cuerpos sin vida de los amigos, sus expresiones congeladas en un terror eterno.

El bosque, conocido por su maldición ancestral, había cobrado una vez más su precio.

Desde ese fatídico día, nadie se atrevió a entrar en el bosque.

Las leyendas sobre su oscuridad y las almas perdidas que lo habitan se propagaron, sembrando el miedo en los corazones de todos los que las escuchaban.

Y así, el bosque tenebroso sigue acechando en las sombras, esperando a aquellos que se atrevan a desafiar su poder.

Solo los valientes o los insensatos se adentrarán en ese lugar maldito, donde el terror y la muerte esperan pacientemente su próxima víctima.

Tornado en la oscuridad

Era una noche oscura y tormentosa, el viento soplaba fuerte y las hojas de los árboles crujían en la oscuridad.

Me encontraba solo en mi casa, tratando de olvidar los escalofriantes rumores que había escuchado sobre una antigua mansión abandonada en las afueras del pueblo.

Aunque me había advertido de los peligros de adentrarse en ese lugar, la curiosidad y el espíritu aventurero me dominaron.

Decidí que no podía resistir la tentación y fui en busca de emociones.

Al llegar a la mansión, una sensación inexplicable de miedo me invadió. Las puertas chirriaron al abrirse, como si el lugar tuviera vida propia.

La oscuridad era abrumadora y mi única fuente de luz era la linterna que llevaba en la mano.

Avancé con cautela por los pasillos polvorientos, tratando de ignorar los persistentes susurros que parecían provenir de las sombras.

De repente, una puerta se cerró con fuerza detrás de mí, haciendo que mi corazón se acelerara.

Traté de mantener la calma, convenciéndome a mí mismo de que todo era producto de mi imaginación.

Pero entonces, una helada brisa me acarició el cuello, y supe que no estaba solo.

La sensación de ser observado se hizo aún más fuerte.

Los pasos resonaban en el suelo de madera, cada vez más cerca. Mi respiración se entrecortó y el pánico se apoderó de mí.

Traté de correr hacia la salida, pero algo me sujetaba, como si unas manos invisibles me impidieran escapar.

Me encontré atrapado en una habitación lúgubre y siniestra. Las sombras danzaban a mi alrededor y escuchaba risas macabras.

Mi mente estaba llena de imágenes horribles y escalofriantes, como si estuviera presenciando escenas de terror en vivo.

Finalmente, la puerta se abrió de golpe y una figura alta y oscura apareció frente a mí.

Sus ojos brillaban con un resplandor malévolo y su presencia era desgarradora.

Grité con todas mis fuerzas, pero mi voz parecía ahogada por el terror del lugar.

La figura avanzó hacia mí lentamente, con una sonrisa retorcida en su rostro.

Mi cuerpo temblaba incontrolablemente mientras sentía cómo mis fuerzas se desvanecían. Entonces, todo se volvió negro.

Cuando recuperé la conciencia, me encontré tirado en el suelo de la mansión abandonada.

Mi cuerpo estaba débil y con moretones, pero al menos estaba vivo.

Me apresuré a salir de allí lo más rápido que pude, prometiéndome a mí mismo que nunca más me aventuraría en lugares oscuros y desconocidos.

Desde entonces, nunca volví a ser el mismo.

El terror de esa noche me persigue en mis sueños, recordándome que hay cosas que no pueden ser comprendidas ni vividas por un ser humano.

Esa mansión abandonada se había convertido en un auténtico infierno, un infierno del que escapé por un pelo y que siempre quedará grabado en mi memoria como una experiencia de terror sin igual.

Densa niebla

Era una noche oscura y tormentosa, la lluvia caía sin cesar mientras una densa niebla cubría el vecindario. Todos los habitantes de aquel pequeño pueblo parecían refugiados en sus hogares, temerosos de lo que pudiera acechar en la oscuridad.

En una antigua mansión abandonada al final de la calle, se encontraba Ana, una joven aventurera que siempre había sentido una extraña fascinación por lo paranormal.

Ana decidió visitar la mansión para descubrir si las historias de terror que se contaban sobre ella eran ciertas.

Armada con una linterna y su valentía, se adentró en el espeluznante edificio. A medida que avanzaba por los oscuros pasillos, empezó a escuchar susurros y pasos apresurados que parecían perseguirla.

Los escalofríos recorrían su cuerpo mientras exploraba las habitaciones polvorientas.

De repente, una puerta chirriante se abrió de golpe ante ella. Sin pensarlo dos veces, Ana entró en la habitación, solo para encontrarse con un espejo enorme y antiguo en el centro.

Miró su reflejo por un momento y notó cómo su imagen comenzaba a distorsionarse lentamente, mostrando una expresión de terror que no le pertenecía.

En ese instante, la habitación se sumió en la oscuridad total.

Ana sintió como si una presencia maligna la rodeara, la energía opresiva agarraba su cuerpo y no podía moverse.

El sonido de susurros ininteligibles llenaba la habitación, cortándole la respiración. Desesperada, intentó escapar, pero sus piernas parecían estar paralizadas.

De repente, una figura oscura apareció frente a ella. Su rostro era indescifrable, pero transmitía una maldad absoluta. La figura se acercó lentamente mientras

Ana luchaba por liberarse de su agarre invisible.

La presencia maligna susurró un nombre en su oído, un nombre que Ana no reconocía pero que resonó con una fuerza inquietante.

El terror se apoderó de ella cuando se dio cuenta de que estaba atrapada en esa pesadilla horripilante.

La figura sombría pronunció cada vez con más intensidad el nombre desconocido, mientras Ana sentía cómo su cordura se desvanecía lentamente.

El miedo y la locura se mezclaron en su mente, y ella sabía que nada sería igual después de aquella noche infernal.

Cuando el sol finalmente apareció, encontraron a Ana en un estado catatónico en la mansión abandonada.

Desde aquel día, nunca volvió a ser la misma.

Su mirada perdida y su silencio inquietante eran un recordatorio constante de la oscuridad que la había consumido.

La mansión, por su parte, permaneció como un lugar maldito, un recordatorio siniestro de lo que había sucedido.

Nadie se acercaba a ella, temerosos de despertar a los demonios que residían allí.

La historia de Ana se convirtió en una leyenda de terror que pasaba de boca en boca en el pueblo, recordando a todos que hay cosas en este mundo que es mejor dejar sin explorar.

El silencio de la noche

El silencio de la noche se tornaba perturbador mientras caminaba por las solitarias calles de un pequeño pueblo abandonado.

La oscuridad era total, solo la débil luz de la luna iluminaba el camino.

Decidí aventurarme hacia una antigua mansión que se encontraba al final de la calle.

Su imponente fachada era testigo de los años de abandono y decadencia que había sufrido.

Las ventanas rotas y el enredado jardín eran indicios de un pasado olvidado.

Conforme me acercaba, sentía una extraña presencia, como si alguien me observara desde las sombras.

Ignoré mis instintos y continué mi camino.

Al llegar a la puerta principal, un escalofrío recorrió mi cuerpo mientras sentía una mirada fría posarse sobre mí.

Abrí la puerta y un crujido aterrador inundó mis oídos.

Al entrar, me percaté de que el interior de la mansión estaba en un estado de total abandono.

El aire estaba cargado de un olor putrefacto y una humedad insoportable.

Los muebles viejos estaban cubiertos de polvo y telarañas, como si nadie hubiera estado allí en décadas.

Mientras exploraba las habitaciones, una sensación de angustia se apoderó de mí.

Cada paso que daba era seguido por el eco de una risa macabra y escalofriante.

Los pasillos parecían alargarse y los cuadros en las paredes parecían moverse, sus ojos me miraban fijamente.

Decidí buscar una salida rápidamente, pero al girar una esquina, me encontré frente a una puerta entreabierta.

Una luz tenue se filtraba desde el interior y una voz susurrante decía mi nombre. Con miedo, me acerqué lentamente.

Al abrir la puerta, un escalofriante espectáculo se desplegó ante mis ojos.

Una sala llena de muñecos antiguos y deteriorados, todos sin ojos y con expresiones siniestras, me observaban fijamente.

La voz se volvió más fuerte y comenzó a reírse diabólicamente.

Intenté huir, pero las puertas y ventanas parecían haber desaparecido, dejándome atrapado en aquel lugar maldito.

La risa se hizo cada vez más fuerte, llegando a un punto en el que el sonido era ensordecedor, perforando mis oídos.

Sin poder soportarlo más, caí de rodillas en el suelo, dominado por el miedo paralizante.

La risa no cesaba y sentía cómo mi cordura se desvanecía lentamente.

Pasaron horas interminables hasta que finalmente, una luz cegadora iluminó la sala.

Cuando pude abrir los ojos, me encontré en mi cama, cubierto en sudor y temblando.

Todo había sido una pesadilla, pero el miedo y el horror seguían atormentándome.

Desde entonces, nunca más me acerqué a aquella mansión.

El recuerdo de aquel terrorífico relato persiste en mi mente como una advertencia de lo que podría haber sido mi destino.

Desde ese día, María nunca logró recuperarse completamente.

La experiencia había dejado una huella imborrable en su mente, recordándole de que en la oscuridad acechan horrores indescriptibles.

La casa del miedo

Había una vez una casa abandonada en medio del bosque, rodeada de árboles retorcidos y oscuros que creaban un ambiente siniestro. La leyenda decía que estaba maldita, y que cualquier persona que se atreviera a entrar, nunca saldría.

Un grupo de amigos curiosos decidió desafiar a la maldición y explorar la casa en una noche fría y lluviosa.

Al acercarse a la entrada, sintieron un escalofrío recorrer sus cuerpos, pero decidieron continuar.

Al entrar, el hedor a moho y humedad invadió sus narices.

Las paredes estaban descoloridas, llenas de grietas y manchas de sangre seca.

A medida que avanzaban por los pasillos, comenzaron a escuchar susurros incomprensibles y susurros provenientes de las sombras.

De repente, una sombra oscura apareció ante ellos. Era alta y delgada, con ojos brillantes y sin rostro. Los amigos intentaron huir, pero la figura los persiguió sin cesar.

Uno a uno, fueron cayendo presas de la maldición de la casa.

Quedaba solo un amigo, temblando de miedo y exhausto.

Buscó una salida desesperadamente, pero todas las puertas estaban bloqueadas.

Finalmente, llegó a una habitación pequeña y se escondió en un rincón oscuro.

Desde allí, observó horrorizado cómo la figura sin rostro encontraba a sus amigos, uno por uno, y los arrastraba hacia lo desconocido.

El último amigo, temblando de terror, sabía que estaba a punto de ser el siguiente.

De repente, la figura sin rostro se detuvo y miró hacia el lugar donde el último amigo estaba escondido.

Podía sentir su aliento en su nuca. Cerró los ojos, esperando su destino final.

Sin embargo, cuando abrió los ojos, la figura había desaparecido.

Se encontraba solo en la habitación oscura y silenciosa. Escuchó pisadas alejándose y supo que era su oportunidad de escapar.

Corrió tan rápido como pudo, sin mirar hacia atrás. Finalmente, llegó a la salida de la casa, sin aliento y temblando de miedo.

Prometió nunca volver a poner un pie en ese lugar maldito, y sus amigos nunca fueron encontrados.

Hasta el día de hoy, la casa abandonada en medio del bosque sigue siendo un recordatorio sombrío de la maldición que la acecha.

Las historias de terror se cuentan en susurros alrededor de la fogata, advirtiendo a todos que nunca se aventuren allí.

La casa rural de terror

Hace algunos años, mientras vivía en una pequeña casa rural, experimenté una noche de terror que aún me hace temblar al recordarla. Era un oscuro y frío invierno, el viento soplaba con furia y la lluvia caía sin cesar.

Me encontraba solo en casa, ya que mi familia se había ido de vacaciones.

Decidí acurrucarme en mi sofá con una taza de chocolate caliente y ver una película de terror para disfrutar de la noche.

A medida que avanzaba la película, comencé a sentir una extraña sensación de no estar solo.

Los ruidos del viento y la lluvia comenzaron a ser interrumpidos por golpes y susurros que parecían provenir de las paredes de la casa.

Intenté convencerme de que eran solo sonidos normales debido a la tormenta, pero mi inquietud crecía cada vez más.

De repente, las luces de la casa comenzaron a parpadear y luego se apagaron por completo.

Me encontré inmerso en una oscuridad total con solo el sonido de la lluvia golpeando los cristales de las ventanas como única compañía. Decidí que debía ir al sótano para revisar el interruptor principal y tratar de restablecer la luz.

Con mucho temor, agarré una linterna y me dirigí hacia las escaleras que conducían a la oscura y escalofriante profundidad de la casa.

Mientras bajaba las escaleras, mi corazón latía tan fuerte que podía escuchar sus latidos martillando en mis oídos.

La oscuridad del sótano era abrumadora y parecía tener una presencia malévola.

Empujé el miedo hacia un lado y rápidamente encontré el interruptor principal. Lo encendí y, para mi alivio, la luz volvió a iluminar la casa.

Pero mi alivio fue momentáneo, ya que, al volver la vista hacia la escalera, vi una figura oscura parada justo en la parte superior de las escaleras.

Aterrado, temblé al ver sus ojos rojos y brillantes fijos en mí. Instintivamente, apagué la linterna y me quedé paralizado de terror.

La figura comenzó a bajar lentamente las escaleras hacia mí, su risa malévola llenando el aire.

Traté de huir, pero mi cuerpo no respondía y parecía estar atrapado en un sueño aterrador. Mientras la figura se acercaba cada vez más, sentí que mi vida estaba en peligro.

Justo cuando la figura estuvo a punto de alcanzarme, escuché el sonido de las luces de la casa encendiéndose nuevamente.

En un acto desesperado, volví a encender la linterna y la luz iluminó la figura, revelando que no era más que una sombra proyectada por un objeto en la parte superior de las escaleras.

Mi miedo se disipó y el alivio me invadió. Respiré profundamente, agradecido de que todo hubiera sido solo una ilusión causada por la falta de luz.

Desde ese día, aprendí a no dejarme llevar por el miedo y a siempre buscar una explicación racional antes de entrar en pánico.

Sin embargo, la experiencia de aquella noche de terror siempre permanecerá grabada en mi mente como un recordatorio de que la realidad puede ser mucho más aterradora que cualquier película de terror.

Pequeño pueblo

Hace muchos años, en un pequeño pueblo perdido en el bosque, vivía una familia aparentemente normal.

Pero lo que nadie sabía es que algo perturbador acechaba en su hogar.

Desde que se mudaron a esa casa antigua, extraños sucesos comenzaron a ocurrir.

Los objetos se movían sin explicación, se escuchaban murmullos siniestros durante la noche y las luces se apagaban repentinamente.

Los miembros de la familia comenzaron a sentir una presencia maligna, como si estuvieran constantemente observados por ojos invisibles.

Una noche, la hija menor, Emily, decidió explorar el ático de la casa. Según cuentan, ahí había un viejo cofre que despertaba su curiosidad.

Sin embargo, al abrirlo, encontró algo aterrador: una muñeca de aspecto grotesco y tétrico, con ojos vacíos y una sonrisa siniestra.

Al tomarla, sintió un escalofrío recorrer su cuerpo y una voz susurrando en su oído, susurrando secretos oscuros que jamás había escuchado.

A partir de ese momento, la familia comenzó a ser víctima de extrañas pesadillas.

Sueños en los que eran perseguidos por sombras sombrías, charcos de sangre que inundaban la casa y una voz aterradora que les susurraba en la oscuridad.

Cada noche, el invitado no deseado se hacía más fuerte y los ataques se volvían más intensos.

Desesperados por encontrar una solución, la familia decidió buscar ayuda en un viejo vidente del pueblo.

Él les advirtió sobre un espíritu maligno que habitaba en la muñeca que Emily había encontrado y les dijo que debían deshacerse de ella de inmediato, antes de que se apoderara por completo de sus almas.

Siguiendo las instrucciones del vidente, tomaron la muñeca y la llevaron al bosque.

Allí, la enterraron profundamente, esperando que jamás volviera a perturbar sus vidas. Sin embargo, las pesadillas no desaparecieron del todo.

La familia nunca pudo volver a vivir una vida normal.

Aunque la muñeca había sido eliminada, la presencia inquietante aún permanecía en la casa.

Los susurros continuaban, las sombras se movían en las esquinas y las pesadillas seguían atormentándolos noche tras noche.

Este relato de terror nos enseña que, a veces, la maldad puede esconderse en los lugares más inesperados y que, una vez desatada, es difícil dejarla ir.

Solitaria calle

Me encontraba caminando por una solitaria calle en plena noche.

La oscuridad era abrumadora y solo el ligero temblor de mis manos me recordaba que aún estaba alerta.

El silencio era ensordecedor, solo interrumpido por el eco distante de mis pasos.

De repente, un escalofrío recorrió mi espalda y una sensación de miedo se apoderó de mí.

Sentía como si algo estuviera observándome desde las sombras, acechándome, esperando el momento adecuado para atacar.

Mis latidos se aceleraron y el aire se volvió pesado, como si estuviera atrapado en una pesadilla interminable.

Comencé a caminar más rápido y trataba de convencerme a mí mismo de que solo era mi imaginación.

Pero cuanto más me apresuraba, más intensa se volvía la sensación de peligro inminente.

La paranoia se apoderaba de mí y mi mente empezó a jugarle trucos a mis sentidos.

De repente, mis ojos se posaron en una sombra que se movía furtivamente entre los edificios.

Estaba lo suficientemente cerca para distinguir una figura oscura y deforme, totalmente ajena a todo lo que conocía.

La perspectiva de lo desconocido me llenó de terror y desesperación.

Sin pensarlo dos veces, comencé a correr, tratando de escapar de aquella abominación.

Los segundos parecían horas y cada vez sentía que la criatura se acercaba rápidamente, como si estuviera flotando en el aire.

Mi corazón latía tan fuerte que podía sentir su doloroso tímpano en mi pecho.

Tropecé y caí sobre el frío pavimento, agarrando mi rodilla lastimada mientras la sombra se acercaba a mí.

Luché por levantarme, ignorando el dolor y empujando mi cuerpo al límite de sus capacidades físicas.

Pero parecía en vano, la criatura estaba cada vez más cerca y podía sentir su presencia maligna envolviéndome.

Justo cuando estaba a punto de rendirme, oí un grito desgarrador seguido de un profundo silencio. Alcé la mirada y vi cómo la sombra desaparecía lentamente, como si nunca hubiera existido.

Mi cuerpo temblaba y me costaba respirar, pero sabía que había escapado de una muerte segura.

El pánico se convirtió en alivio y las lágrimas rodaron por mis mejillas.

Me di cuenta de que había experimentado el verdadero terror, el miedo más profundo que puede sentir un ser humano.

Y aunque me costaría olvidarlo, sabía que también me haría más fuerte.

Entre montañas de miedo

Hace muchos años, en un pequeño pueblo rodeado de montañas, había una casa antigua y abandonada, conocida por su historia tenebrosa.

Se decía que, en ese lugar maligno, habitaba el espíritu de una mujer desquiciada que solía acechar a los desprevenidos que se aventuraban en su interior.

Un grupo de jóvenes valientes decidió desafiar las advertencias y explorar la casa en una noche oscura y tormentosa.

Armados con linternas y nervios de acero, cruzaron el umbral de la puerta que crujía ominosamente.

La vieja casa estaba envuelta en un silencio sepulcral, solo roto por el viento que soplaba a través de las grietas en las ventanas rotas.

Las sombras danzaban en las paredes, creando figuras grotescas que jugaban con la imaginación de los intrépidos exploradores.

A medida que avanzaban por los sombríos pasillos, escucharon susurros inquietantes y llantos apagados que parecían venir de las propias paredes.

La tensión en el aire era palpable, y el grupo comenzó a sentir un escalofrío en la espina dorsal.

De repente, una puerta chirriante se abrió de par en par, revelando una habitación decadente bañada en penumbra.

Los amigos, con corazones palpitantes, se adentraron en esa sala lúgubre, sintiendo la mirada penetrante del viento frío helando sus almas.

En el centro de la habitación, descubrieron una escalera descuidada que descendía a un sótano oscuro y húmedo.

A pesar del miedo que los invadía, la curiosidad les impulsó a bajar y desentrañar los secretos ocultos bajo la antigua morada.

A medida que avanzaban por la escalera empinada, los escalones crujían bajo sus pies y el aire se volvía cada vez más pesado.

Pronto, el sonido de sus propios latidos del corazón era ahogado por los susurros enloquecedores que llenaban sus oídos. Cuando finalmente llegaron al sótano, se encontraron con una visión aterradora.

Lápidas antiguas y polvorientas se alineaban en una sala tenebrosa, rodeadas de velas encendidas que emitían una escalofriante sensación de miedo que daba taquicardias por ello jamás volví a vivir aventuras de este tipo.

Fría y perfecta

Una noche lluviosa y fría, perfecta para contar historias de terror alrededor de una fogata.

Un grupo de amigos decidió reunirse en una cabaña aislada en medio del bosque para celebrar Halloween.

La cabaña tenía una misteriosa reputación, y se decía que estaba encantada.

A medida que la noche avanzaba, los relatos de miedo se volvían más escalofriantes. Uno de los amigos, llamado Carlos, decidió contar su propia experiencia paranormal.

Según él, había visitado la cabaña hace algunos años y había vivido algo realmente aterrador.

Carlos explicó que mientras exploraba la cabaña, comenzó a sentir una presencia siniestra que lo acechaba.

Los ruidos extraños y las sombras que parecían moverse por sí solas lo pusieron en alerta.

Pero fue cuando encontró una habitación secreta en el sótano que su terror alcanzó su punto máximo.

La habitación estaba oscura y llena de objetos antiguos cubiertos de polvo. Carlos notó una vieja caja de madera en un rincón, y la curiosidad lo llevó a abrirla.

Para su horror, encontró dentro de ella una colección de fotografías perturbadoras de personas desconocidas con rostros distorsionados y ojos vacíos, en ese momento, una sensación intensa de pánico lo invadió.

Sintió como si alguien o algo lo observara desde las sombras. Trató de correr hacia la salida, pero la puerta se cerró de golpe frente a él, dejándolo atrapado en la habitación oscura.

Carlos pudo escuchar risas macabras y susurros incomprensibles a su alrededor.

Los objetos empezaron a moverse solos y las fotografías de las personas desconocidas parecían cobrar vida.

Alguien o algo lo estaba persiguiendo y no había escapatoria.

Finalmente, cuando parecía que todo estaba perdido, Carlos logró abrir la puerta y salir corriendo de la cabaña.

Pero desde aquel día, las pesadillas lo han perseguido sin descanso. Las imágenes de las fotografías y las caras distorsionadas lo atormentan en todas sus noches.

Tormentas y ventas moviéndose

Una noche oscura y tormentosa. La lluvia golpeaba implacablemente contra las ventanas de la vieja cabaña en la que me hospedaba.

Estaba solo, alejado de la civilización en medio de un espeso bosque.

De repente, un extraño ruido resonó en el exterior. Parecía como si algo arañara la puerta principal.

Mi corazón comenzó a palpitar de terror, pero decidí acercarme y ver qué era.

Al abrir la puerta, una ráfaga de viento helado me golpeó el rostro y logré distinguir una sombra en medio de la oscuridad.

Un escalofrío recorrió mi espalda cuando me di cuenta de que no había nadie allí.

Cerré la puerta rápidamente, tratando de calmarme, convenciéndome de que había sido mi imaginación jugándome una mala pasada.

Sin embargo, los ruidos continuaron.

Ahora, se oían pasos arrastrándose por el piso de madera.

Me adentré en la cabaña, tratando de encontrar alguna explicación lógica a lo que estaba sucediendo.

Pero cada vez que miraba hacia atrás, podía ver sombras moviéndose en las esquinas, como si estuvieran jugando conmigo.

El miedo se apoderó de mí y decidí refugiarme en la habitación más alejada de la cabaña.

Cerré la puerta con llave, creyendo que estaría a salvo. Sin embargo, lo que sucedió a continuación me dejó sin aliento.

Un murmullo inquietante comenzó a resonar en las paredes.

Era un lamento angustiado, proveniente de los rincones más oscuros de la habitación.

La sensación de estar siendo observado se hizo insoportable.

Entre amigos

Un grupo de amigos decidió adentrarse en un antiguo edificio abandonado para experimentar emociones extremas.

La leyenda decía que ese lugar estaba poseído por espíritus malignos y que cualquiera que se atreviera a entrar nunca saldría ileso.

Con linternas en mano y el corazón acelerado, los amigos entraron con cautela.

La atmósfera era pesada y tenebrosa, se escuchaban ruidos inquietantes y se sentía una presencia inquietante.

Cada paso que daban era un desafío, una prueba de valentía.

De repente, una sombra se movió en el rincón de una habitación.

Se quedaron petrificados mientras observaban cómo algo oscuro y sin forma se acercaba lentamente a ellos.

El aire se volvió frío y denso, y un escalofrío recorrió sus espinas dorsales.

Uno de ellos decidió encender su cámara y comenzó a grabar. La entidad se manifestaba cada vez más claramente, y podían ver su rostro pálido y sus ojos vacíos.

Los gritos llenaron el aire cuando la figura se paseó entre ellos, causando terror y desesperación.

Trataron de huir, pero parecía que el edificio los mantenía atrapados como si fuera un laberinto sin salida.

Puertas que se abrían y cerraban solas, escaleras que cambiaban de dirección y pasillos que se alargaban misteriosamente.

Era evidente que algo sobrenatural estaba teniendo lugar.

En un instante de desesperación, uno de ellos cayó al suelo, empapado de sudor y temblando.

Apenas podía respirar mientras una sombra oscura se acercaba cada vez más, envolviéndolo en un abrazo frío y asfixiante. Los demás amigos intentaron liberarlo, pero la sombra se resistía con fuerza sobrenatural.

Finalmente, con un último esfuerzo, lograron liberar a su amigo y corrieron hacia la salida.

A medida que se alejaban del edificio, el aire volvía a ser cálido y la sensación de peligro desaparecía.

Estaban a salvo, pero el recuerdo de esa noche de terror los perseguiría siempre.

Desde entonces, ninguno de ellos se acercó a lugares abandonados o desafió a lo desconocido.

El relato de su experiencia se propagó entre sus conocidos, convirtiéndose en una advertencia para aquellos que se atrevieran a invadir espacios oscuros y siniestros.

La aldea

Era una pequeña aldea situada en lo profundo del bosque.

El susurro de las hojas y el crujir de las ramas eran el sonido constante que acompañaba a sus habitantes.

Pero en los últimos años, algo extraño comenzó a suceder. La aldea estaba envuelta en un aura de oscuridad y miedo. Los animales se volvieron inquietos y las plantas marchitas.

La gente hablaba en susurros sobre extrañas sombras que se movían entre los árboles y extraños ruidos que provenían de la noche.

Un niño llamado Marcos era especialmente curioso y valiente. No les tenía miedo a los cuentos de terror y decidió enfrentar lo desconocido.

Una noche, aprovechando la oscuridad de la luna, se adentró en el bosque decidido a descubrir qué estaba sucediendo.

A medida que caminaba entre los árboles, su corazón latía con fuerza. De repente, escuchó rasguños y susurros que venían de algún lugar cercano.

Se detuvo y vio una figura oscura y retorcida entre las sombras. Era una presencia aterradora que parecía no tener forma definida.

Marcos no podía moverse. Sentía cómo su cuerpo temblaba ante la visión escalofriante.

Entonces, la figura comenzó a acercarse lentamente, su risa maligna llenaba el aire.

Marcos sabía que debía escapar, pero sus piernas parecían haberse convertido en gelatina.

Finalmente, su valentía ganó terreno y logró salir de su estado de parálisis.

Comenzó a correr a toda velocidad, evitando los árboles y esquivando las ramas que intentaban detenerlo.

La voz siniestra lo perseguía, amenazante y gritando su nombre.

Finalmente, después de una carrera desenfrenada, Marcos llegó a la orilla de un lago.

Sin aliento, se escondió detrás de un arbusto, tratando de hacer el menor ruido posible. Miraba hacia atrás, esperando que la figura no lo hubiera seguido.

Pasaron los minutos y el lago volvió a estar tranquilo.

Todo lo que quedó fue el sonido del viento acariciando las hojas y el latido acelerado del corazón de Marcos.

Se dio cuenta de que había escapado de aquella entidad malévola.

Desde aquel día, la aldea vivió atemorizada por el misterio del bosque, nadie se atrevió a explorar más allá de la seguridad de sus casas.

Y aunque Marcos nunca se atrevió a compartir su experiencia con los demás, en lo más profundo de su ser sabía que había enfrentado algo más allá de lo humano.

El bosque, con su aura de oscuridad y miedo, se convirtió en un recordatorio constante de lo que había visto y sentido.

Y Marcos, cada vez que cerraba los ojos, recordaba la presencia aterradora que acechaba entre las sombras, recordando así el escalofrío que se apoderó de su cuerpo aquella noche en el bosque.

Pueblo lleno de leyendas

Un pueblo pequeño y tranquilo, rodeado de misteriosas leyendas y sucesos inexplicables.

Entre estas historias de terror, se contaba la leyenda de una vieja mansión abandonada en las afueras.

Se decía que estaba habitada por espíritus malignos que buscaban venganza.

Un grupo de valientes jóvenes decidió explorar la mansión una noche, ansiosos por descubrir la verdad detrás de los rumores.

Armados con linternas y cámaras, entraron cautelosamente en la vieja mansión.

El silencio era opresivo y solo se escuchaba el chirriar de las puertas al abrirse.

A medida que avanzaban por los pasillos oscuros, empezaron a notar extraños sucesos. Puertas que se cerraban solas, risas siniestras provenientes de la nada y sombras que se movían rápido por las esquinas.

A pesar del miedo que crecía en su interior, continuaron su exploración, sin sospechar lo que les esperaba.

Llegaron a una habitación llena de polvo y antigüedades. El ambiente se volvió aún más tenso y la temperatura bajó bruscamente.

De repente, escucharon pasos detrás de ellos, pero al mirar no había nadie.

Una de las chicas sintió una mano fría y temblorosa agarrándole el hombro y gritó de miedo.

Decidieron abandonar la mansión, pero al llegar a la puerta principal, esta se cerró con un golpe atrapándolos dentro.

Entraron en pánico y corrieron por los interminables pasillos, perseguidos por sombras aterradoras.

Los pasos se volvieron cada vez más rápidos y las risas se intensificaron.

Finalmente, lograron encontrar una pequeña habitación y se encerraron allí, esperando que todo terminara.

La oscuridad era sofocante y el terror se apoderaba de ellos.

Sin embargo, la angustia alcanzó su máximo cuando encontraron escritas en las paredes las palabras: "Nunca saldrás".

El tiempo pareció detenerse mientras los jóvenes esperaban a que su destino se cumpliera.

El aire se volvió espeso y la temperatura cayó aún más.

La oscuridad se hizo cada vez más opresiva, hasta que finalmente, las sombras los rodearon y desaparecieron.

Nadie volvió a ver ni a escuchar noticias de aquel grupo de jóvenes exploradores.

La mansión, presa de su maldición, permaneció abandonada y envuelta en un aura de miedo y tragedia.

Se convirtió en un recordatorio de que, a veces, los secretos oscuros y los espíritus vengativos pueden transformar una simple aventura en una pesadilla sin fin.

Aventura y diversión

Un grupo de amigos decide pasar un fin de semana en una casa abandonada en medio del bosque, en busca de aventuras y diversión.

Sin embargo, lo que parecía ser una escapada emocionante se convierte rápidamente en una pesadilla cuando empiezan a experimentar fenómenos paranormales y a ser perseguidos por una presencia maligna.

A medida que la noche avanza, los amigos comienzan a desconfiar unos de otros, sin saber quién puede estar detrás de los sucesos aterradores que los rodean.

La tensión aumenta a medida que uno por uno, los integrantes del grupo comienzan a desaparecer.

Finalmente, solo quedan dos amigos, quienes descubren que la casa está poseída por un antiguo espíritu vengativo que busca venganza.

Con el tiempo en su contra y sin saber cómo escapar, los sobrevivientes luchan desesperadamente por encontrar una manera de liberarse de la maldición antes de que sea demasiado tarde.

A medida que se desvelan los oscuros secretos de la casa y sus antiguos habitantes, los protagonistas se enfrentan a sus peores temores y se dan cuenta de que la única forma de sobrevivir es enfrentar al espíritu y hacerle frente a sus propias culpas y arrepentimientos.

En una lucha desesperada por sus vidas, los dos amigos se ven obligados a enfrentar el terror máximo y tomar decisiones difíciles para lograr su supervivencia.

En un clímax aterrador, logran encontrar un método para exorcizar al espíritu y escapar de la casa maldita.

Sin embargo, a pesar de haber logrado sobrevivir, los protagonistas quedan marcados para siempre por las terribles experiencias, incapaces de olvidar los traumas vividos.

La experiencia ha cambiado sus vidas para siempre y los persigue en sus pesadillas, recordándoles la fragilidad de la existencia humana frente a lo desconocido.

La casa del diablo

Pueblo perdido entre las montañas, donde reinaba una sensación constante de miedo y terror.

Los habitantes vivían atemorizados por una leyenda que circulaba de generación en generación.

Se decía que, en las noches de luna llena, una figura siniestra y desfigurada recorría las calles del pueblo en busca de almas perdidas.

Una noche, un valiente joven llamado Andrés decidió desafiar el miedo y descifrar el misterio detrás de la leyenda.

Armado con una linterna y su determinación, se adentró en los oscuros y estrechos callejones del pueblo.

A medida que avanzaba, los susurros de la leyenda se volvían más fuertes en su cabeza, pero no se detuvo.

Llegó a una antigua mansión, conocida como "La Casa del Diablo".

La fachada estaba cubierta de enredaderas y su aspecto abandonado daba escalofríos.

Sin embargo, Andrés decidió ingresar y enfrentar sus peores temores. Con cada paso que daba, el viento silbaba a través de las rendijas y las sombras se movían a su alrededor, causándole escalofríos.

De repente, escuchó un susurro detrás de él.

Se dio la vuelta y vio en la penumbra una figura alta y desfigurada, con garras afiladas y ojos brillantes.

Era la temida entidad que asustaba al pueblo. Andrés sintió como si el tiempo se detuviera y su corazón latiera con fuerza.

Sin embargo, en lugar de atacarlo, la figura extendió una mano temblorosa hacia él.

Andrés, movido por su curiosidad, se acercó despacio. La figura le hizo una señal para que la siguiera y, con el corazón en la boca, Andrés aceptó.

Caminaron por pasillos oscuros y habitaciones abandonadas, hasta llegar a un sótano.

Allí, la figura señaló una puerta pesada y oxidada. Andrés la abrió con temor y una increíble luz lo cegó momentáneamente.

Cuando sus ojos se acostumbraron, Andrés vio una escena sorprendente.

Un grupo de almas perdidas, atrapadas en ese lugar durante años, buscaban desesperadamente la redención.

Habían sido víctimas de una maldición y se habían convertido en los espíritus aterradores que aterrorizaban al pueblo.

Andrés comprendió que la aparición desfigurada no era una entidad malévola, sino uno de los espíritus que buscaba ayuda para romper la maldición que los ataba. A partir de ese momento, decidió ayudarlos.

Iniciaron un largo y arduo proceso de investigación y descubrieron que la maldición solo podía ser levantada por medio de un ritual sagrado.

Los habitantes del pueblo, al enterarse de esto, dejaron atrás su miedo y se unieron a la causa.

Finalmente, en una noche de luna llena, el ritual fue completado exitosamente y la maldición se rompió. Las almas pérdidas fueron liberadas y encontraron paz.

El pueblo finalmente pudo respirar aliviado, se acabaron los miedos y el terror que los había atormentado durante tanto tiempo.

Desde ese día, la leyenda de la figura siniestra se fue desvaneciendo gradualmente, convertida en un recuerdo lejano.

El pueblo pudo recuperar la tranquilidad, sabiendo que el coraje y la unión habían vencido al miedo y al terror.

El reloj de laura

El reloj marcaba la medianoche cuando Laura despertó sobresaltada por un ruido extraño que venía del pasillo.

Con el corazón palpitando con fuerza, se levantó de la cama y se aventuró a investigar.

A medida que se acercaba al pasillo, el sonido se intensificaba, un susurro siniestro que parecía susurrar su nombre.

Temblando de miedo, encendió la luz del pasillo y allí, parado frente a ella, estaba una figura oscura con ojos brillantes como brasas.

Laura gritó y corrió de regreso a su habitación, pero la figura la siguió, moviéndose con una lentitud espeluznante.

Aterrada, se encerró en su habitación, pero el susurro continuaba, llenando la habitación con su presencia maligna.

¿Qué quería esa entidad que la perseguía en la oscuridad de la noche?

El hombre del bosque

En un pequeño pueblo rodeado de bosques densos y misteriosos se contaba la leyenda de "El Hombre del Bosque".

Se decía que era una figura alta y delgada, con ojos brillantes como brasas y una risa que helaba la sangre.

Muchos afirmaban haberlo visto deambulando entre los árboles en las noches de luna llena, acechando a los desprevenidos viajeros que se aventuraban por los senderos del bosque.

Una noche un grupo de amigos decidieron desafiar las advertencias y adentrarse en el bosque en busca de emociones. Armados con linternas y valentía falsa, se adentraron en la oscuridad, riendo y bromeando entre ellos.

Sin embargo, a medida que avanzaban, una sensación de malestar comenzó a apoderarse de ellos, como si estuvieran siendo observados por algo maligno. De repente, escucharon un sonido de ramas crujientes a su alrededor y las linternas comenzaron a parpadear.

El pánico se apoderó del grupo cuando una sombra oscura se materializó delante de ellos: era el Hombre del Bosque, con una sonrisa retorcida en su rostro. Gritaron y corrieron en todas direcciones, pero el bosque parecía conspirar en su contra, cambiando constantemente de forma y dirección.

Uno a uno los amigos fueron capturados por la oscuridad, arrastrados hacia lo desconocido por manos invisibles. Solo uno logró escapar, pero la experiencia lo dejó marcado de por vida.

Desde entonces nadie se aventuró en los confines del bosque por temor a encontrarse con el terror que moraba en su interior: el Hombre del Bosque, una entidad de pesadilla que acechaba en las sombras, esperando su próxima presa.

La casa de los susurros

En un pequeño pueblo costero la leyenda de la "Casa de los Susurros" aterrorizaba a los lugareños. Se decía que la casa abandonada, situada al borde de un acantilado, estaba habitada por los espíritus atormentados de aquellos que habían perecido en trágicos accidentes en alta mar.

Una noche un grupo de valientes decidieron desafiar la superstición y explorar la morada maldita.

Armados con linternas temblorosas, penetraron en la oscuridad de la casa. A medida que avanzaban por los pasillos polvorientos, podían sentir una presencia ominosa que los observaba desde las sombras.

De repente comenzaron a escuchar susurros inquietantes que parecían surgir de las paredes mismas.

Las voces susurraban nombres olvidados y secretos oscuros, envolviendo a los intrusos en una atmósfera de terror indescriptible.

Uno tras otro los miembros del grupo comenzaron a perder la cordura, presa del miedo y la paranoia.

Las paredes parecían cerrarse sobre ellos, atrapándolos en un laberinto de pesadilla del cual no podían escapar.

Cuando el sol comenzó a asomar en el horizonte, solo uno de ellos logró salir de la casa, con la mirada vacía y el alma destrozada por el horror que había presenciado.

Desde entonces la Casa de los Susurros permaneció como una advertencia para aquellos que se atrevían a desafiar lo desconocido, recordándoles que algunas historias de terror son más que simples leyendas.

La morada de las sombras

En un remoto pueblo montañoso se alzaba una antigua mansión conocida como "La Morada de las Sombras".

Se decía que la mansión estaba embrujada por los espíritus de los antiguos propietarios cuyas almas atormentadas buscaban venganza por injusticias pasadas.

Un grupo de amigos decidió pasar la noche en la mansión como un desafío, pensando que las historias de fantasmas eran solo cuentos de viejas.

Sin embargo, una vez dentro, pronto descubrieron que no estaban solos. Extraños susurros llenaban las estancias vacías y sombras se movían en las esquinas dc sus ojos.

Pronto las puertas comenzaron a cerrarse solas y las luces parpadeaban, sumiendo la mansión en la oscuridad más espesa.

Uno a uno los amigos empezaron a desaparecer en las sombras, arrastrados por una fuerza invisible hacia los rincones más oscuros de la casa.

Los que quedaban intentaron escapar, pero las puertas y ventanas se negaban a abrirse, atrapándolos en la pesadilla que se había apoderado de la mansión.

Al amanecer solo uno de ellos logró salir de la morada, pero su mente estaba tan trastornada por lo que había presenciado que quedó marcado de por vida.

Desde entonces "La Morada de las Sombras" permaneció abandonada como advertencia para aquellos que osaran desafiar a los espíritus que la habitaban.

El padre Gabriel

El padre Gabriel era un sacerdote conocido por su devoción y su valentía. Había enfrentado muchas pruebas a lo largo de su vida, pero ninguna como la que estaba por experimentar. Su parroquia se encontraba en un pequeño pueblo que, según los lugareños, estaba maldito. Una antigua leyenda hablaba de un espíritu maligno que había atormentado a la región durante siglos.

Una noche Gabriel recibió una llamada urgente. Una familia del pueblo estaba siendo aterrorizada por una presencia oscura en su hogar. La madre, desesperada, habló de susurros en la oscuridad, sombras que se movían por la casa y ataques inexplicables a sus hijos. Decidido a ayudar, Gabriel tomó su crucifijo, agua bendita y su Biblia y se dirigió a la casa de la familia.

Al llegar encontró a la familia reunida en la sala, temblando de miedo. La casa estaba en un estado de caos, con muebles volcados y espejos rotos. Gabriel sintió un escalofrío al entrar, una sensación de maldad palpable en el aire.

—Padre, por favor, ayúdenos —suplicó la madre, con lágrimas en los ojos.

Gabriel comenzó a recitar oraciones, rociando agua bendita en cada rincón de la casa. Mientras lo hacía, el ambiente se volvía cada vez más pesado. Las luces parpadeaban y se escuchaban golpes en las paredes. De repente, una risa gutural resonó en la casa, seguida de un susurro que parecía venir de todas partes a la vez.

—No eres bienvenido aquí, sacerdote.

Gabriel sintió una oleada de temor, pero mantuvo su compostura. Continuó con las oraciones, dirigiéndose al sótano, de donde parecía emanar la presencia más fuerte. Al abrir la puerta del sótano, una ráfaga de aire helado lo golpeó, casi apagando su vela.

Descendió las escaleras y a cada paso la oscuridad se volvía más densa. Llegó al fondo y vio un altar improvisado con símbolos extraños pintados con lo que parecía ser sangre. En el centro del altar había un viejo libro encuadernado en cuero, con una energía oscura irradiando de él.

Gabriel reconoció de inmediato que se trataba de un grimorio, un libro de magia negra. Con determinación, comenzó a recitar una oración de exorcismo, pero, de repente, una fuerza invisible lo lanzó contra la pared. Sentía como si algo intentara aplastarlo, sofocarlo.

—¡No! —gritó, levantando el crucifijo—. ¡En el nombre de Cristo, te ordeno que te vayas!

El sótano se llenó de un grito ensordecedor, y la figura de una sombra humanoide apareció frente a él. Sus ojos ardían con un fuego infernal.

—Tú no sabes con quién estás tratando —dijo la sombra, con una voz que resonaba como un eco de ultratumba.

Gabriel, luchando contra el miedo, continuó recitando la oración. La figura se abalanzó sobre él, pero en el último momento un resplandor de luz emanó del crucifijo, iluminando la oscuridad. La sombra chilló y se desintegró en el aire, dejando un silencio profundo.

Gabriel se levantó, respirando con dificultad. Sabía que la batalla había terminado, pero el mal no desaparecía tan fácilmente. Quemó el grimorio y bendijo el sótano, asegurándose de que no quedara rastro de la oscuridad.

Cuando regresó con la familia, encontró a todos arrodillados en oración. Les aseguró que la presencia había sido expulsada, pero les advirtió de que debían mantener su fe fuerte para evitar futuros ataques.

Esa noche Gabriel regresó a su iglesia exhausto, pero agradecido por la protección divina. Sin embargo, al apagar las luces y prepararse para dormir, un leve susurro resonó en la oscuridad de su habitación:

—Volveremos, sacerdote. Volveremos.

Desde entonces, el padre Gabriel nunca dejó de vigilar las sombras, sabiendo que la batalla contra el mal era una lucha constante, y que el verdadero terror acechaba siempre, esperando su oportunidad para volver.

Ash

La noche estaba envuelta en un silencio sepulcral cuando Ash, una joven estudiante, decidió quedarse a estudiar en la biblioteca de la universidad. A medida que avanzaba la noche el edificio parecía cobrar vida propia, los pasillos se volvían más estrechos y las sombras más densas.

De repente, comenzó a escuchar pasos detrás de ella, pero al voltear no había nadie. Con el corazón acelerado, decidió refugiarse en una sala de lectura cerrada. Sin embargo, una vez dentro, se percató de que la puerta se cerró con un sonido ominoso, dejándola atrapada en la oscuridad.

Los libros comenzaron a caer de las estanterías, como si fueran empujados por una fuerza invisible, y Ash pudo sentir una presencia fría y maligna acechándola en la penumbra.

Desesperada por escapar, buscó una salida, pero las paredes parecían moverse y cambiar de lugar, confundiéndola aún más. Entonces, en un rincón oscuro, vio una figura encapuchada que la observaba con ojos vacíos.

Con un grito de terror, Ash se lanzó hacia la puerta que,

milagrosamente, se abrió de par en par, permitiéndole huir de aquel lugar maldito.

A partir de esa noche, Ash nunca volvió a entrar en la biblioteca después del anochecer, y aunque trató de olvidar lo sucedido, siempre sintió que algo oscuro y siniestro la acechaba desde las sombras.